NOTIONS

ÉLÉMENTAIRES ET UTILES

PARIS. IMPRIMERIE DE PILLET FILS AINÉ
5, RUE DES GRANDS-AUGUSTINS.

NOTIONS

ÉLÉMENTAIRES ET UTILES

OU

PETITE ENCYCLOPÉDIE

DES CONNAISSANCES USUELLES

OUVRAGE DESTINÉ AUX ÉCOLES DES DEUX SEXES

PAR

M. V. COLOMBEL

Inspecteur de l'instruction primaire, officier d'académie.

PARIS

J. GARNIER, LIBRAIRE-ÉDITEUR

RUE HAUTEFEUILLE, 16

1862

PRÉFACE

Pour répondre au désir qui nous a été exprimé par bon nombre d'instituteurs, nous publions en un petit volume nos *Notions élémentaires* (1).

Nous comprenons que les maîtres, tout en reconnaissant l'avantage incontestable de cette publication sous forme de couvertures, préfèrent, pour eux et pour la plupart de leurs élèves, cet abrégé des *connaissances utiles*, en un volume portatif, offrant, sans aucune recherche ni perte de temps, tous les numéros réunis.

Comme toujours, nous avons agi pour leur être agréable et utile. Puissent-ils reconnaître que no-

(1) Ce travail a paru et paraît toujours en dix numéros, composant autant de couvertures pour cahiers d'écolier, format couronne.

tre plus vif désir est et sera toujours de leur aplanir les difficultés de l'enseignement, en venant en aide à leurs efforts.

Quelques questions, qui n'avaient été qu'indiquées tout d'abord, ont reçu les développements que pouvait comporter le cadre restreint que nous nous sommes prescrit.

Plus tard — nous l'espérons du moins — nous essaierons de donner à ce recueil toute l'importance qu'il nous paraît mériter, en l'élevant à la hauteur d'une encyclopédie pratique.

Nota. Nous engageons les instituteurs à consacrer à la fin de leur classe du soir, trois fois par semaine au moins, *dix minutes* ou un *quart d'heure* à l'exposé et au *développement* de ces questions.

NOTIONS

ÉLÉMENTAIRES ET UTILES

CHAPITRE PREMIER.

DE L'HOMME EN GÉNÉRAL.

SA NATURE ET SES RAPPORTS AVEC DIEU. — LA CRÉATION. — LE CIEL. — LA TERRE, ETC. (1).

Qu'est-ce que l'homme?

L'homme est une créature raisonnable, composée d'un corps et d'une âme.

Qu'est-ce que le corps?

La partie matérielle qui frappe nos sens.

Qu'est-ce que l'âme?

La partie immatérielle et pensante créée à l'image de Dieu.

---

(1) *Les maîtres devront donner tous les développements nécessaires à ces questions.*

Qu'est-ce que Dieu?

C'est un être *infiniment* parfait, créateur du ciel et de la terre et souverain seigneur de toutes choses.

Que veut dire infini?

Qui n'a pas de bornes. Dieu seul est infini, comme ses perfections.

Qu'est-ce que le ciel?

Au point de vue physique, c'est la partie supérieure du globe terrestre où se meuvent les astres, et qui s'offre à nos yeux sous l'aspect d'une voûte azurée.

Qu'est-ce encore?

On appelle aussi ciel, au point de vue de la vie future, le séjour des bienheureux.

Qu'est-ce que la terre?

On appelle terre le globe que nous habitons. C'est un des quatre éléments des anciens.

Quels sont les trois autres?

L'eau, l'air et le feu.

Qu'appelle-t-on globe?

On appelle globe, un corps rond qui a la forme d'une boule.

Que veut dire créateur?

S'il s'agit de Dieu, ce mot signifie, qui a tiré du néant. S'il s'agit de l'homme, il veut dire, qui a découvert, qui a inventé.

Qu'est-ce que la vie?

L'espace de temps qui s'écoule depuis la naissance jusqu'à la mort.

Comment partage-t-on la durée ordinaire de la vie?

En quatre âges.

Quels sont-ils?

1° L'enfance : de la naissance à 14 ans.

2° La jeunesse : de 14 à 35 ans. (Dans cet espace est comprise l'adolescence.)

3° L'âge viril ou l'age mûr : de 35 à 60 ans.

4° La vieillesse : de 60 ans jusqu'à la mort.

Combien y a-t-il d'années que le monde existe?

Environ six mille ans.

Quel fut le premier homme?

Ce fut Adam.

Que signifie Adam?

Il signifie formé de terre.

Où fut placé le premier homme?

Dans le Paradis terrestre.

Comment s'appela la première femme?

Elle s'appela Ève.

Que signifie Ève?

Vie — Mère des vivants.

Que signifie Paradis?

Jardin délicieux; lieu de délices.

Où place-t-on généralement le Paradis terrestre?

A la jonction du Tigre et de l'Euphrate, deux fleuves de l'Asie qui se jettent dans le golfe Persique, formé par la mer des Indes.

Qu'est-ce qui constitue, à proprement parler, la charpente humaine?

Ce sont les os.

*

Quels sont les principaux?

Ce sont : la colonne vertébrale ou épine dorsale (épine du dos), le crâne, l'omoplate ou os de l'épaule, l'humérus ou os du bras, le cubitus ou os de l'avant-bras, le fémur ou os de la cuisse, le tibia et le péroné, os de la jambe.

Quelles sont les parties extérieures du corps humain?

Ce sont : la tête, la poitrine, les bras et les jambes.

Qu'est-ce que la tête?

C'est la partie supérieure de l'animal et le siége principal des organes des sens.

Que signifie organe?

Ce mot signifie instrument.

Qu'est-ce qu'un sens?

Faculté par laquelle l'animal reçoit l'impression des objets étrangers.

Combien avons-nous de sens?

Cinq, qui sont : la vue, l'odorat, l'ouïe, le goût et le toucher.

La *vue* est le sens par lequel on perçoit la lumière et on distingue les couleurs, souvent même la forme, la distance et les mouvements. — L'œil est le siége de la vue.

L'*odorat* est le sens par lequel on perçoit les odeurs. — Le siége de l'odorat est dans le nez et les fosses nasales.

L'*ouïe* est le sens par lequel on perçoit les sons et dont l'oreille est l'organe.

Le *goût* est le sens par lequel on perçoit et on discerne les saveurs. — On appelle *saveur* la sensation que produit un corps sur l'organe du goût. — On dit des substances qui ont de la saveur, qu'elles sont *sapides*, de celles qui n'en ont pas, qu'elles sont *insipides*, *fades*.

Le *toucher* est le sens qui nous fait connaître les qualités *palpables* des corps. — Le toucher réside par tout le corps, mais particulièrement dans la main. Le toucher corrige les erreurs de la vue et peut même y suppléer dans certaines circonstances. On dit que Saunderson, célèbre professeur anglais, mort en 1739, discernait, quoique aveugle, des médailles contrefaites qui avaient trompé l'œil des connaisseurs, et cela au simple toucher.

Qu'est-ce que la poitrine?

C'est la partie supérieure du tronc et le siége de la respiration.

Qu'est-ce que le bras?

C'est la partie du corps qui commence à l'épaule et finit à la main ; de l'épaule au coude, c'est le bras proprement dit; et du coude à la main, c'est l'avant-bras.

Qu'est-ce que la main?

C'est la partie qui termine le bras et qui sert à saisir les objets.

De quoi se compose la main?

La main se compose de la paume ou de la partie intérieure, du dos ou de la partie extérieure, et des doigts, au nombre de cinq.

Qu'est-ce qu'un doigt?

C'est la partie mobile et distincte qui termine la main et le pied.

Qu'est-ce qu'une phalange?

On appelle phalanges les trois osselets placés à la suite les uns des autres pour former les doigts. — Le pouce n'a que deux phalanges.

Quels sont les noms des doigts de la main?

Le pouce, l'index, le majeur, l'annulaire et l'auriculaire.

Le *pouce* est le nom du plus gros et du plus court des doigts de la main.

L'*index* (qui sert à indiquer) est le nom du 2e doigt de la main.

Le *majeur* (le plus grand) ou *médium* (qui tient le milieu) est le 3e doigt de la main. — On comprend le motif qui a déterminé à lui donner l'un ou l'autre de ces deux noms.

L'*annulaire* (tiré d'anneau, parce que c'est à ce doigt qu'il se place) est le 4e de la main.

L'*auriculaire* (parce que sa petitesse permet de l'introduire dans le conduit de l'oreille) est le 5e doigt de la main.

Qu'est-ce que la jambe?

C'est la partie inférieure du corps depuis le genou jusqu'au pied.

Qu'est-ce que le pied?

C'est la partie inférieure de la jambe qui permet à l'homme de se soutenir et de marcher. L'extrémité antérieure est terminée par cinq doigts qu'on appelle *orteils*. L'extrémité postérieure et arrondie forme le *talon*. On appelle *cou-de-pied* la partie supérieure du pied. On appelle *plante* la partie inférieure, qui touche à terre.

CHAPITRE II.

DIVISION DU TEMPS.

ANNÉE. — MOIS. — JOURS. — HEURES. — SAISONS, ETC.

Qu'est-ce qu'un siècle?

Espace de temps composé de cent années.

Qu'est-ce qu'une année?

Durée de 365 jours, ou 366 quand elle est bissextile, ou 12 mois, ou 52 semaines.

Quand revient l'année bissextile?

Tous les 4 ans (moins les années séculaires dont le millésime n'est pas divisible par 400), parce que l'année se compose de 365 jours et 6 heures environ.

Nous disons *environ*, parce que ce n'est ici que de l'à peu près. L'année se compose réellement de 365 jours 5h 48′ 51″ 6‴. Aussi Sosigène (astronome d'Alexandrie), qui fut un des membres principaux de la commission chargée, sous Jules César, de fixer la durée de l'année, tout en arrêtant, d'accord avec ses collègues, qu'elle se composerait de 365 jours plus un jour supplémentaire tous les 4 ans, reconnut l'erreur où conduisait ce système, et comprit que tôt ou tard il faudrait le modifier. Cependant l'année Julienne, qui est trop longue de 11 à 12 minutes, comme on le voit, fut suivie jusqu'au temps de Grégoire XIII. A cette époque (1582), les inconvénients de cette erreur furent tels, qu'il parut nécessaire d'y remédier. On retrancha 10 jours à l'année 1582, et le 5 du mois d'octobre fut compté pour le 15. Afin de ne pas retomber dans cette erreur, on décida qu'il serait retranché ce qu'il y avait de trop dans l'année Julienne, c'est-à-dire 1 jour tous les 134 ans (134 × 11 = 1474 : 60 = 24 plus quelque chose), ce qui a été traduit ainsi : *les années sont bissextiles de 4 ans en 4 ans, moins les années séculaires dont le millésime n'est pas divisible par* 400. Ex. : 1700, 1800, 1900, n'étant pas divisibles par 400, ne sont pas bissextiles. **2000** est bissextile ; 2100, 2200, 2300 ne sont pas bissextiles; **2400** est bissextile. Ce qui revient à dire qu'il faut retrancher 3 jours sur 400 ans, dans l'année Julienne, pour être d'accord avec le calendrier grégorien, généralement adopté aujourd'hui.

Que signifie bissexte? (d'où vient le mot bissextil?)

Deux fois six : chez les Romains, on comptait 2 fois le 6e jour d'avant les calendes de mars, tous les 4 ans. Chez nous ce jour complémentaire est ajouté à février, qui en a 29 quand l'année est bissextile.

Qu'est-ce qu'un mois?

La 12e partie de l'année. — Durée de 31, 30, 29 ou 28 jours.

Quel est le nom de chacun des mois de l'année?

Janvier, février, mars, avril, mai, juin, juillet, août, septembre, octobre, novembre et décembre.

Quels sont les mois de 31 jours?

Janvier, mars, mai, juillet, août, octobre et décembre.

Quels sont les mois de 30 jours?

Avril, juin, septembre et novembre.

Quel est le mois de 28 ou 29 jours?

Février.

Qu'est-ce qu'une saison?

Durée de trois mois.

Combien y a-t-il de saisons?

Quatre, qui sont : le printemps, — l'été, — l'automne, — l'hiver.

Le *printemps* commence le 20 mars et finit le 21 juin (durée : 92 j. 21 h. 16 m.).

L'*été* commence le 21 juin et finit le 23 septembre (durée : 93 j. 13 h. 58 m.).

L'*automne* commence le 23 septembre et finit le 21 décembre (durée : 89 j. 16 h. 47 m.).

L'*hiver* commence le 21 décembre et finit le 20 mars (durée : 89 j. 2 h. 2 m.). — *Quand l'année est bissextile, chaque saison commence un jour plus tard.*

Qu'appelle-t-on équinoxes?

Les deux époques de l'année (équinoxe du printemps, équinoxe de l'automne) où les jours et les nuits sont égaux; vers le 20 ou 21 mars et le 23 septembre.

Que veut dire équinoxe?

Egalité du jour et de la nuit.

Qu'appelle-t-on solstice?

Le moment où le soleil semble stationnaire. Les deux solstices arrivent vers le 21 juin et le 21 décembre.

Que veut dire solstice?

Point d'arrêt du soleil.

Quelles sont les prescriptions de l'Église au sujet des quatre saisons?

L'Église ordonne un jeûne de 3 jours (mercredi, vendredi et samedi) à chaque saison.

(Voir les FÊTES CHRÉTIENNES, ou EXPLICATIONS DES OFFICES ET CÉRÉMONIES DE L'ÉGLISE, livre de lecture courante, par le même auteur. 1 vol. in-12, chez J. GARNIER, libraire-éditeur.)

Comment appelle-t-on ce jeûne?

Le jeûne des quatre-temps.

Qu'est-ce qu'une semaine?

Suite de 7 jours à commencer par le dimanche.

Quels sont les sept jours de la semaine?

Dimanche, lundi, mardi, mercredi, jeudi, vendredi et samedi.

Que veut dire le mot semaine?

Ce mot veut dire sept.

Que signifie le mot dimanche?

Ce mot signifie jour du Seigneur, parce que ce jour lui est spécialement consacré.

Quelles sont les prescriptions de l'Église au sujet de chaque semaine?

Outre le précepte de la sanctification du dimanche, l'Église ordonne l'abstinence des aliments gras le vendredi et le samedi.

Qu'est-ce qu'un jour?

Durée de 24 heures. — De minuit à minuit.

Que veut dire minuit?

Milieu de la nuit. Mi, dans la composition des mots, sert à marquer le partage d'une chose en deux parties égales : mi-carême, mi-août, etc.

Que veut dire midi?

Milieu du jour.

Qu'est-ce qu'une heure?

Durée de soixante minutes.

Qu'est-ce qu'une minute?

Soixantième partie de l'heure.

Qu'est-ce qu'une seconde?

Soixantième partie de la minute.

Qu'est-ce que l'aurore?

Lumière qui précède le lever du soleil.

Qu'est-ce que le crépuscule?

C'est cette faible lumière qui devance l'aurore ou qui suit le coucher du soleil.

Comment les Juifs et les Romains divisaient-ils les jours?

En quatre parties, qu'on appelait : prime, tierce, sexte et none.

Que signifie prime?

Première heure. Elle correspondait au lever du soleil, ou plutôt à 6 heures du matin.

Que signifie tierce?

Troisième heure, ou 9 heures du matin.

Que signifie sexte?

Sixième heure, ou midi.

Que signifie none?

Neuvième heure, ou 3 heures après midi.

Quels sont les instruments à l'aide desquels on mesure le temps?

Horloges, montres, pendules.

Que signifie horloge?

Indication de l'heure.

Où trouve-t-on la division du temps pendant le cours d'une année?

Dans le calendrier.

Qu'appelle-t-on calendrier?

Le catalogue de tous les jours de l'année, mis en ordre et divisé par mois, par semaine, avec l'indication du lever et du coucher du soleil et des différentes phases de la lune.

D'où vient ce mot?

Il vient du mot *calendes,* qui indiquait le 1er jour du mois chez les Romains.

Que signifie le mot catalogue?

Ce mot signifie liste.

Que veut dire phases?

On entend par ce mot les différents aspects sous lesquels se présentent certaines planètes, et surtout la lune.

On appelle *nouvelle lune*, le moment où cette planète se trouve placée entre le soleil et la terre, de manière qu'elle nous présente sa face obscure;

— *Croissant*, lorsqu'en avançant, elle montre progressivement le côté éclairé du soleil. Lorsqu'elle atteint le 1/4 de sa révolution, on dit qu'elle est dans son *premier quartier;*

— *Pleine lune*, lorsqu'elle a accompli la moitié de sa course et qu'elle paraît ronde;

— *Dernier quartier,* lorsqu'en décroissant peu à peu elle a atteint la forme d'un demi-cercle.

Que signifie ère chrétienne?

Point de départ pour les chrétiens. — Naissance de Jésus-Christ.

CHAPITRE III.

HISTOIRE ET RELIGION.

JÉSUS-CHRIST. — LES APOTRES. — PRÉDICATION DE L'ÉVANGILE. COMMENCEMENTS DE L'ÉGLISE.

Combien y a-t-il de temps que le monde existe?

Environ 6000 ans.

Combien y a-t-il de temps que le Fils de Dieu s'est fait homme?

Près de 19 siècles. (*Faire préciser le nombre d'années.*)

Combien y avait-il d'années que le monde existait lorsque le Fils de Dieu s'est fait homme?

Environ 4000 ans.

Comment s'appelle le Fils de Dieu fait homme?

Il s'appelle Jésus-Christ (prononcez Jésu-Kri).

Comment divise-t-on la vie de Jésus-Christ?

En deux parties : vie privée, depuis sa naissance jusqu'à 30 ans; vie publique, depuis 30 ans jusqu'à 33 1/2, époque de sa mort.

Où est né Jésus-Christ?

A Bethléem, petite ville de Judée, distante de 8 kilomètres environ de Jérusalem.

Quel jour?

Le jour de Noël, 25 décembre.

Par qui fut annoncée la naissance de Jésus-Christ?

La naissance du Sauveur, prédite longtemps d'avance par les prophètes, fut annoncée par l'ange Gabriel, qui vint trouver une vierge de la Galilée, nommée Marie, épouse de Joseph, et lui dit : « Je vous salue, Marie... etc. »

Comment s'appelle cette prière?

La Salutation angélique.

Qu'est-ce que la Galilée?

C'est une des 4 grandes divisions de la Judée.

Que veut dire le mot Jésus?

Jésus veut dire Sauveur.

Que veut dire le mot Christ?

Christ veut dire oint ou sacré, et rappelle la double qualité de roi et de pontife, qui appartient au Fils de Dieu.

Où Jésus-Christ est-il mort?

Sur le Calvaire ou Golgotha, petite montagne voisine de Jérusalem.

Quel jour?

Un vendredi, appelé le Vendredi Saint, vers 3 heures après midi.

Comment désignait-on cette heure chez les Juifs?

La 9e heure.

Qu'est-ce que la mort?

C'est la séparation de l'âme et du corps.

Qu'est-ce que Jérusalem?

C'est la capitale de la Judée.

Sa population, au temps de sa splendeur, s'est élevée jusqu'à 120,000 âmes. On n'y compte guère aujourd'hui que 15,000 habitants.

Qu'est-ce que la Judée?

C'est une petite contrée de l'Asie, appelée aussi Palestine ou Terre Sainte, occupée par le peuple de Dieu, c'est-à-dire par le peuple que Dieu s'était choisi.

Pourquoi presque toutes les églises ont-elles le chœur tourné vers l'Orient?

A cause de la Terre Sainte, en souvenir des grandes choses qui se sont accomplies dans ce pays.

De cette manière le prêtre en disant la messe, et les fidèles qui y assistent, ont constamment la face tournée vers l'Orient.

Quel jour Jésus-Christ est-il ressuscité?

Le dimanche de Pâques.

Que veut dire le mot Pâques?

Ce mot veut dire passage. — La fête de Pâques était célébrée chez les Juifs, en mémoire du passage de la mer Rouge; — chez les chrétiens, en mémoire de la résurrection du Sauveur, ou du passage de la mort à la vie.

Que signifie le mot résurrection?

Retour de la mort à la vie.

Quel jour Jésus-Christ est-il monté au ciel?

Le jour de l'Ascension, c'est-à-dire 40 jours après Pâques.

Que veut dire le mot Ascension?

Action de monter. Jésus-Christ est monté au ciel par sa propre vertu.

Quel jour a-t-il envoyé le Saint-Esprit aux Apôtres?

Le jour de la Pentecôte, ou 50 jours après sa résurrection, ou 10 jours après son ascension.

Que signifie le mot Pentecôte?

Il signifie cinquantième.

Qu'appelle-t-on Apôtres?

Ceux des disciples que Jésus-Christ chargea d'enseigner l'Evangile.

Que signifie le mot Apôtre?

Ce mot signifie envoyé.

Que veut dire le mot Disciple?

Élève, celui qui reçoit l'instruction d'un autre.

Qu'est-ce que l'Église?

C'est la société des fidèles réunis sous un même chef.

Quel est le chef suprême et invisible de l'Église?

C'est Jésus-Christ. Le chef visible est N. S. P. le Pape, dont la résidence est à Rome.

Quel a été le premier pape?

C'est saint Pierre, le chef des apôtres.

Où mourut saint Pierre?

A Rome, l'an 66. Sa fête se célèbre le 29 juin.
(Voir les fêtes chrétiennes.)

Qu'est-ce que Rome?

C'est la capitale des États de l'Église.

Qu'appelle-t-on États de l'Église?

La partie centrale de l'Italie, qui appartient au Pape.

Quelles sont les principales fêtes de l'Église?

Pâques et la Pentecôte, — qui se célèbrent toujours le dimanche, — l'Ascension, l'Assomption, la Toussaint et Noël.

Quels sont les 4 évangélistes?

Saint Matthieu, saint Marc, saint Luc, et saint Jean, le disciple bien-aimé du Sauveur.

(Voir les fêtes chrétiennes.)

Que signifie le mot évangéliste?

Celui qui a écrit l'Évangile.

N'y a-t-il pas eu un autre Jean que Jean l'Évangéliste?

Il y eut plusieurs saints de ce nom; mais le plus célèbre est saint Jean-Baptiste, qui baptisa Jésus-Christ dans le Jourdain. Sa fête se célèbre le 24 juin.

(Voir les fêtes chrétiennes.)

Que signifie le mot Évangile?

Ce mot signifie *bonne nouvelle*. Le livre des Évangiles contient la doctrine et la vie de N. S. Jésus-Christ.

Que veut dire épître?

Épître ou missive est synonyme de lettre.

On appelle lettre-circulaire ou simplement circulaire, une lettre qui a pour but d'informer différentes personnes d'une même chose. Lorsque cette circulaire émane du Pape, elle porte le nom d'encyclique.

Qu'appelle-t-on apôtre des Gentils?

Saint Paul, qui mourut à Rome en même temps que

saint Pierre. Cette qualification fut donnée à saint Paul à cause de ses travaux apostoliques, qui eurent pour objet principal la conversion des peuples qui ne connaissaient pas la loi de Moïse.

Qu'entendait-on par le mot Gentil?

On désignait par ce mot les païens, les idolâtres; tous ceux, en un mot, qui ne connaissaient pas la loi donnée au peuple de Dieu.

CHAPITRE IV.

DES TROIS RÈGNES DE LA NATURE.

RÈGNE ANIMAL.

Qu'est-ce que l'animal ?

C'est un être doué de sensibilité et de mouvement.

Comment divise-t-on les animaux ?

En quatre classes : 1° les vertébrés, 2° les articulés, 3° les mollusques, 4° les zoophytes.

Qu'appelle-t-on animaux vertébrés?

Ceux qui ont des vertèbres ou os qui soutiennent la chair, comme l'homme, le cheval, le poisson, le serpent.

Combien compte-t-on de classes parmi les vertébrés?

On en compte cinq : 1° les mammifères, 2° les oiseaux, 3° les reptiles, 4° les poissons, 5° les amphibiens.

Qu'appelle-t-on articulés?

Ceux qui ont le corps composé d'une suite variable de segments ou d'anneaux, placés les uns après les autres.

Combien compte-t-on de classes parmi les articulés?

Quatre : 1° les insectes, comme l'abeille et la mouche; 2° les arachnides, comme l'araignée, le scorpion; 3° les crustacés, qui ont le corps enveloppé d'une croûte, comme l'écrevisse, le homard, le crabe; 4° les annélides, comme la sangsue, le ver de terre, etc.

Qu'appelle-t-on mollusques?

Ceux qui, formés d'une substance molle, peuvent au besoin se retirer dans une coquille, comme l'huître, le limaçon, etc.

Qu'appelle-t-on zoophytes?

Les animaux qui ont quelque rapport avec les plantes, et qu'on appelle pour cette raison animaux-plantes, tels que les oursins, les étoiles de mer, etc.

Qu'appelle-t-on mammifères?

Les animaux qui nourrissent leurs petits avec leur lait.

Qu'appelle-t-on vivipares?

Ceux qui mettent au monde leurs petits tout vivants.

Qu'appelle-t-on ovipares?

Ceux qui se reproduisent par les œufs.

Qu'appelle-t-on oiseaux?

Ceux qui sont conformés pour la marche et surtout pour le vol. Leurs membres antérieurs forment des ailes et leur corps est couvert de plumes. Les oiseaux sont ovipares.

Qu'appelle-t-on reptiles?

Les animaux qui rampent et qui sont sans pieds,

comme les serpents, ou qui en ont de très-courts comme les lézards.

Qu'appelle-t-on poissons?

Les animaux pourvus de nageoires, qui naissent et vivent dans l'eau.

Qu'appelle-t-on amphibiens?

Ceux qui vivent sur terre et dans l'eau, comme les grenouilles, les crocodiles, etc.

Qu'appelle-t-on bipèdes?

Ceux qui ont deux pieds, comme l'homme, l'oiseau.

Qu'appelle-t-on quadrupèdes?

Ceux qui ont quatre pieds, comme le cheval, le chien, le chat, etc.

Qu'appelle-t-on palmipèdes?

Ceux qui ont les doigts réunis par une membrane, comme le cygne, le canard, etc., animaux parfaitement conformés pour la natation.

Qu'appelle-t-on bimanes?

Ceux qui ont deux mains, comme l'homme.

Qu'appelle-t-on quadrumanes?

Ceux qui ont quatre mains, comme le singe.

Qu'appelle-t-on échassiers?

Ceux qui ont les pieds très-longs, comme les autruches, les grues, les hérons, les cigognes, etc.

Qu'appelle-t-on carnassiers ou carnivores?

Ceux qui se nourrissent de chair, comme l'homme, le chien, le chat, le loup, le tigre, le lion, etc.

Qu'appelle-t-on oiseaux de proie?

Ceux qui se nourrissent également de chair, comme le vautour, l'aigle, le hibou, etc.

Qu'appelle-t-on animaux herbivores?

Ceux qui se nourrissent d'herbe, comme le bœuf, l'âne, le mouton, etc.

Qu'appelle-t-on animaux granivores?

Ceux qui se nourrissent de graines, comme le pigeon et la plupart des oiseaux.

Qu'appelle-t-on animaux insectivores?

Ceux qui se nourrissent d'insectes, comme les taupes, les musaraignes, les hérissons.

Qu'appelle-t-on animaux ruminants?

Ceux qui font remonter les aliments après les avoir avalés, pour les mâcher plus complétement, tels que le bœuf, la chèvre, le chevreuil, le cerf, etc.

Qu'appelle-t-on gallinacés?

Les oiseaux pesants, à vol court, qui ont pour type le coq, tels que le paon, le pigeon, le dindon. On donne à ces derniers le nom d'oiseaux de basse-cour.

Qu'appelle-t-on cétacés?

Les mammifères qui, ayant la forme de poissons, respirent, comme les quadrupèdes, par les poumons; tels sont : la baleine, le cachalot, le narval, le dauphin, etc.

Pourquoi donne-t-on à ces animaux le nom de souffleurs?

Parce qu'ils ont la facilité de rejeter par leurs évents

(ouverture placée sur leur tête) l'eau qui pénètre dans leur gueule, lorsqu'ils saisissent leur proie.

Quel est le plus grand de tous les animaux?

C'est la baleine, qui atteint quelquefois jusqu'à 30 mètres de longueur. Cet animal habite les mers du Nord, près de la région des glaces.

Qu'appelle-t-on fanons?

On appelle *fanons* des lames de corne qui garnissent les mâchoires de la baleine; cette substance, connue sous le nom de *baleine*, entre dans la confection des corsets, des parapluies, etc.

CHAPITRE V.

RÈGNE VÉGÉTAL.

Qu'est-ce qu'un végétal?

C'est un être vivant, privé de mouvement volontaire, qui reçoit la plus grande partie de sa nourriture de la terre, à laquelle il demeure attaché.

Pourquoi range-t-on les végétaux parmi les êtres organisés?

Parce que les végétaux, comme les animaux, sont doués d'appareils constitutifs propres à la nutrition et à la reproduction.

Qu'est-ce que la nutrition?

C'est la fonction naturelle par laquelle un être convertit des corps étrangers en sa propre substance. Les organes de la nutrition sont : la racine, la tige et la feuille.

Comment les plantes se reproduisent-elles?

Les plantes se reproduisent par la graine, à l'aide de la germination. — Les agents de la germination sont l'eau, l'air, la chaleur et le sol. — Il existe dans les végétaux un second mode de reproduction appelé la *propagation* (marcotte, bouture, greffe, drageon).

Le *marcottage* a pour but de reproduire une plante, à l'aide d'une branche que l'on couche en terre, pour qu'elle prenne racine. — Lorsque cette branche a séjourné assez de temps dans la terre pour avoir ses racines propres, on la détache de la tige et elle prend alors une existence indépendante.

La *bouture* est une opération qui a pour but de reproduire une plante, à l'aide d'une branche détachée de sa tige et fixée en terre.

La *greffe* est une opération par laquelle on unit la branche d'une plante quelconque à un sujet, pour qu'elle s'identifie avec lui.

Le *drageon* est une plante qui s'élève des racines des arbres. On le détache de la plante mère lorsqu'il a acquis assez de force, et on le transplante pour former un nouveau pied.

Qu'est-ce que la germination?

C'est ce phénomène par lequel, après un séjour plus ou moins long dans un milieu convenable, la graine se gonfle, s'ouvre et permet à la jeune plante de se développer. Elle se divise immédiatement en deux parties, *tige* et *racine.*

Qu'est-ce que la racine?

C'est la portion rameuse et chevelue par laquelle un arbre et les autres plantes tiennent à la terre, et en tirent la plus grande partie de leur nourriture. — Le végétal tire également sa nourriture de l'air par la tige et la feuille.

Qu'est-ce que la tige?

C'est la partie principale de la plante, qui sort de terre, et qui se subdivise en branches.

Qu'est-ce que la feuille ?

C'est la partie mince qui garnit les tiges ou les rameaux des plantes et des arbres.

Qu'est-ce que la séve ?

C'est un liquide qui, après s'être développé par les racines, parcourt la tige et s'élève jusqu'aux feuilles : c'est la *séve ascendante*. Une fois parvenu aux feuilles, le liquide redescend entre l'écorce et l'aubier, en s'épaississant de plus en plus, de manière à former deux couches distinctes, l'une d'aubier, l'autre de liber; c'est la *séve descendante* qui produit l'accroissement des végétaux.

Qu'est-ce que le liber?

Ce sont les couches intérieures de l'écorce les plus voisines de l'aubier.

Qu'est-ce que l'aubier ?

Ce sont les couches externes du bois, celles qui avoisinent l'écorce. L'aubier est le jeune bois, substance tendre et blanchâtre qui, avec le temps, prend la consistance voulue.

En combien de familles principales peut-on diviser les arbres de nos pays ?

En 3 familles principales : 1° les conifères, dont le fruit revêt la forme d'un cône; 2° les amentacées, dont les fleurs naissent autour d'un axe appelé chaton; 3° les rosacées, dont la fleur a pour type la rose.

Qu'appelle-t-on famille?

On appelle *famille* des divisions de plantes qui ont entre elles des traits non équivoques de ressemblance.

Nommez quelques arbres compris dans la famille des conifères.

Les sapins, les pins, les ifs, etc.

On nomme ces différentes espèces d'arbres, *arbres verts,* parce qu'ils conservent leurs feuilles pendant l'hiver.

Nommez quelques arbres compris dans la 2e famille.

Le chêne, le hêtre, l'orme, le frêne, le bouleau, etc.

Nommez quelques arbres compris dans la 3e famille.

Les arbres fruitiers : les pommiers, les poiriers, les pruniers, les cerisiers, auxquels il faut ajouter les fraisiers et les rosiers.

Quel est le caractère qui a servi de base pour ce classement ?

C'est la forme et l'aspect général de la fleur.

Quelles sont les principales familles entre lesquelles les plantes peuvent être classées ?

1° La famille des crucifères (en forme de croix), tels que le choux, le navet, le colza, etc.; 2° la famille des légumineuses, qui présente une gousse pour fruit, tels que les haricots, les pois, les lentilles, etc. ; 3° la famille des graminées (qui ressemble au gazon), tels que le blé, l'avoine, l'orge, le maïs, le houblon, etc.

Quelle est la forme de la feuille et de la tige dans les plantes de cette famille?

La feuille a la forme de celle du chiendent. La tige présente un chaume creux, cylindrique, d'où partent des feuilles alternes.

Qu'appelle-t-on céréales ?

On appelle *céréales* des plantes à épis, que l'on cultive pour leurs grains, dont on fait du pain. Les principales sont : le blé, le seigle, l'orge, le maïs, etc. Ce nom de céréales leur a été donné, parce que Cérès passe pour avoir enseigné aux hommes la culture de ces plantes.

Qu'appelle-t-on plante ?

On appelle généralement *plante* un végétal d'une substance molle, à tige creuse, qui fait partie des herbacées.

Qu'appelle-t-on plantes herbacées?

On appelle *herbacées* des plantes à tige molle, d'un tissu tendre, peu serré, et qui, généralement, ne peuvent résister aux froids de l'hiver; telles sont toutes les plantes qui couvrent nos prairies.

Qu'appelle-t-on arbre?

On appelle *arbre* un végétal élevé, à tige nue à sa base.

Qu'appelle-t-on arbrisseau ?

On appelle *arbrisseau* un végétal moins élevé que l'arbre, et qui présente des rameaux dès sa base ; tels sont le sureau, l'aubépine, etc. L'arbrisseau ne dépasse guère 4 à 5 mètres de hauteur.

Qu'appelle-t-on arbuste?

On appelle *arbuste* un végétal qui offre en tout le même aspect que l'arbrisseau, mais qui est moins élevé; tels sont le rosier, les bruyères, etc. L'arbuste dépasse rarement 1 m. 50 c. de hauteur, et affecte la forme du buisson.

CHAPITRE VI.

RÈGNE MINÉRAL.

En combien de classes divise-t-on les substances du règne minéral?

En trois classes : 1° les combustibles; 2° les métaux; 3° les pierres.

1° PRINCIPAUX COMBUSTIBLES.

Qu'est-ce que la houille? — le coke?

1° *La houille*, aussi appelée *charbon de terre*, est un combustible composé de charbon pur, mêlé à des substances gommeuses et bitumineuses plus ou moins volatiles. Chauffées fortement, ces substances se dégagent, et la houille devient une espèce de charbon qu'on nomme *coke*.

Le *gaz* ou air inflammable, qui sert à l'éclairage, est tiré généralement de la houille.

Qu'est-ce que la tourbe?

2° *La tourbe*, qui sert de chauffage dans certaines contrées, est une espèce de terreau formé de débris de plantes qui ont longtemps séjourné dans des terrains marécageux.

La tourbe est un précieux combustible, parce qu'il est peu coûteux ; mais il présente souvent l'inconvénient d'exhaler une mauvaise odeur.

Qu'est-ce que le soufre?

3° *Le soufre* est une substance jaune-citron qui, chauffée à l'air, s'enflamme facilement. On trouve le soufre dans beaucoup d'endroits, mais surtout dans les terrains volcaniques.

Le soufre est employé dans la fabrication des allumettes, de la poudre à canon et des feux d'artifice.

2° PRINCIPAUX MÉTAUX.

Qu'est-ce que le fer?

1° *Le fer* est une substance dure, tenace, que l'on trouve dans la terre à l'état de *minerai*, c'est-à-dire combiné avec d'autres matières.

Qu'est-ce que la fonte?

La fonte s'obtient par le contact du minerai de fer avec du charbon, chauffés à une température élevée dans les *hauts fourneaux*. La fonte sert à faire des marmites, des tuyaux, des poêles, etc... Pour obtenir du *fer pur* on refond la fonte et on la soumet à la pression répétée d'un lourd marteau, dans les *grosses forges*.

Qu'est-ce que la tôle?

La tôle n'est que du fer réduit en lames très-minces.

Qu'est-ce que l'acier? — la trempe?

L'acier est du fer mélangé avec du charbon. — Pour donner plus de dureté à l'acier, on le fait chauffer jusqu'au rouge et on le plonge dans un liquide froid. C'est ce qu'on appelle *trempe*. Il devient alors propre à la fabrication des couteaux, des canifs, des rasoirs, etc....

Qu'est-ce que l'étain?

2° *L'étain* est un métal blanc que l'on emploie à faire des cuillers et des ustensiles de ménage.

L'étain se rencontre dans la terre, combiné avec l'oxygène ou avec le soufre. Les mines d'étain du comté de Cornouailles (Angleterre) sont les plus importantes de l'Europe.

Qu'est-ce que le fer-blanc?

Le fer-blanc s'obtient en plongeant, dans l'étain en fusion, des lames de tôle préparées à cet effet.

Ces lames doivent être frottées avec du sable fin et avoir séjourné quelque temps dans de l'eau aiguisée d'acide sulfurique. — Cette opération, qui a pour but de nettoyer parfaitement la surface de la tôle, est appelée *décapage*.

Qu'est-ce que l'étamage?

L'étamage consiste à recouvrir d'une légère couche d'étain certains ustensiles de ménage.

Qu'est-ce que le zinc?

3° *Le zinc* est un métal d'un gris bleuâtre qui, réduit en feuilles, est employé pour les couvertures, les gouttières, etc.

Le zinc se rencontre dans la nature, combiné au soufre ou à l'acide carbonique, ou encore à l'acide silicique. — Les mines de zinc les plus considérables sont celles d'Angleterre, de Belgique et d'Allemagne.

Qu'est-ce que le cuivre?

4° *Le cuivre* est un métal jaune, sonore et brillant, qui se couvre de *vert-de-gris* (poison violent) quand il est exposé à l'humidité. (*Pour éviter les accidents que peut causer le vert-de-gris, il ne faut jamais rien laisser refroidir dans des vases en cuivre*).

Le cuivre se rencontre rarement à l'état libre. Les minerais d'où l'on extrait le cuivre sont l'*oxyde de cuivre* et la *pyrite cuivreuse*. — Les mines de cuivre les plus riches sont celles d'Angleterre, de Russie et de Suède.

Qu'est-ce que le laiton?

Le laiton est un composé de cuivre et de zinc.

Qu'est-ce que le bronze?

Le bronze ou l'airain, qui sert à faire des cloches, des canons, des statues, etc., est un alliage de cuivre et d'étain.

Qu'est-ce que l'antimoine?

5° *L'antimoine* est un métal d'un blanc gris, dont la découverte est due à un moine qui, dit-on, empoisonna tout son couvent en employant, à une trop forte dose, cette substance comme purgatif. C'est de là que lui est venu son nom. (*Anti* signifie *contre*.)

Qu'est-ce que le plomb?

6° *Le plomb* est un métal mou, d'un blanc bleuâtre, pesant et facile à fondre; — allié à l'antimoine, il sert à faire les caractères d'imprimerie; — allié à l'étain, à poids égal, il forme la soudure qu'emploient les plombiers.

On rencontre le plomb le plus souvent combiné avec du soufre. Ainsi composé, il porte le nom de *galène* ou *sulfure de plomb*. On trouve de riches mines de plomb en France, en Angleterre et en Saxe.

Qu'est-ce que le mercure?

7° *Le mercure ou vif-argent* est un métal liquide, d'un

blanc brillant, qui est employé à la confection des baromètres, etc. *La colonne barométrique sert à indiquer la pression de l'air et, par suite, les variations du temps.*

On trouve généralement le mercure mêlé au soufre. Il porte alors le nom de *cinabre*. Réduit en poudre, le cinabre prend le nom de *vermillon*; c'est une belle couleur employée en peinture. — L'Allemagne et l'Espagne possèdent les principales mines d'Europe.

Qu'est-ce que l'argent?

8° *L'argent* est un métal blanc, dur et brillant, qui sert à la fabrication des monnaies et à beaucoup d'autres usages.

On le rencontre dans la nature à l'état de pureté plus ou moins grande. Le minerai appelé *sulfure d'argent* (combinaison d'argent et de soufre) est principalement exploité. — Les mines les plus importantes sont celles du Mexique et du Pérou.

Qu'est-ce que l'or?

9° *L'or* est une substance jaune, employée aux mêmes usages que l'argent. Pour donner plus de dureté à l'or et à l'argent, on y joint un peu de cuivre. — La quantité plus ou moins grande de cet alliage constitue le *degré de fin.*

On trouve l'or à l'état natif, en petites lames, dans des filons pierreux, ou en paillettes dans des sables aurifères ou dans des terrains d'alluvion. — Les principales mines d'or sont celles du Pérou, de la Californie ou de l'Australie.

Qu'est-ce que le platine?

10° *Le platine* est un métal très-dur et très-lourd, d'un blanc plus pâle que l'argent. On l'emploie dans l'horlogerie, etc...

Qu'est-ce que l'aluminium?

11° *L'aluminium*, substance de découverte récente, est un métal blanc et brillant, dur comme l'argent, mais quatre fois moins lourd.

3° PRINCIPALES SUBSTANCES PIERREUSES.

Qu'est-ce que le quartz?

1° *Le quartz* est une des pierres les plus répandues dans la nature et qui, selon la forme qu'elle revêt, prend le nom de *cristal de roche* quand elle est transparente; *silex ou pierre à fusil; pierre meulière; grès; meules à aiguiser; filtres de fontaines.*

Qu'est-ce que l'émeri?

2° *L'émeri* est une substance siliceuse, fort dure, qui sert à user et à polir le verre, le cristal, etc.

Qu'est-ce que l'amiante?

3° *L'amiante* est une substance aussi souple que le lin, et qui est incombustible. On en fait des vêtements pour pénétrer sans danger au milieu des flammes.

L'amiante est un composé d'acide silicique, de chaux et de magnésie. — L'amiante nous vient de la Savoie, de la Corse et des Pyrénées.

Qu'est-ce que la pierre calcaire?

4° *Le calcaire* est une pierre qui, chauffée fortement, donne la chaux dont on se sert dans les constructions.

Une espèce particulière, appelée *chaux hydraulique*, est précieuse pour les travaux exposés à l'humidité. Cette propriété lui vient d'une certaine quantité d'argile qu'elle renferme.

Qu'est-ce que le marbre ?

Le marbre est une variété de pierre calcaire (calcaire compacte).

Les plus beaux marbres sont : le *jaune* de Sienne, le *vert* de Florence, le *blanc* de Carrare, de Gênes, de Mollina, le *noir* de la Biscaye, le *rouge* de Séville. La France fournit aussi différentes variétés de marbres, mais moins estimés que ceux dont nous venons de parler.

Qu'est-ce que le blanc d'Espagne?

Le blanc d'Espagne est une autre variété de la pierre calcaire (calcaire crayeux).

Qu'est-ce que le gypse, — le plâtre, — l'albâtre?

5° *Le gypse ou pierre à plâtre* est une substance qui, dégagée par la chaleur d'une certaine quantité d'humidité qu'elle contient, devient du plâtre. Lorsqu'on pulvérise alors cette pierre et qu'on la gâche avec de l'eau, elle reprend le liquide avec avidité et forme une pâte qui durcit promptement. — Le plâtre est employé ainsi aux constructions; en poudre il sert à amender les terres. — Le gypse le plus remarquable est le *gypse compacte* dont on fait des objets de luxe (pendules, vases, etc.) dits d'*albâtre*.

Qu'est-ce que le sel marin?

6° *Le sel gemme ou sel marin* ou encore *sel de cuisine* est une substance que la mer renferme en dissolution, et qui se trouve en dépôts considérables dans la terre. On connaît l'usage de cette substance pour assaisonner nos aliments; — le sel est employé également pour l'amendement des terres.

CHAPITRE VII.

NVENTIONS, INSTITUTIONS ET DÉCOUVERTES,

DEPUIS LA CRÉATION DU MONDE JUSQU'A JÉSUS-CHRIST.

A qui attribue-t-on l'art de filer la laine?

A Noëma, fille de Lamech, plus de 2900 ans avant Jésus-Christ.

A qui attribue-t-on l'art de forger le fer?

A Tubalcaïn, frère de Noëma.

A qui attribue-t-on l'invention des instruments de musique?

A Tubal, autre frère de Noëma.

A qui attribue-t-on l'invention de l'écriture?

L'invention de l'écriture est attribuée au Phénicien Thaut, plus de 1900 ans avant Jésus-Christ.

Qui est regardé comme l'inventeur des vases de terre?

C'est Epiméthée, fils ou petit-fils de Japhet, plus de 1800 ans avant notre ère.

A quelle époque remonte la découverte du verre?

A la plus haute antiquité (18e ou 17e siècle). Pline, auteur latin, qui mourut l'an 79 de notre ère, raconte que des marchands s'étant arrêtés un soir près du fleuve Bélus (Phénicie) pour y passer la nuit, placèrent de gros morceaux de *natron* (carbonate de soude) — qui était le principal objet de leur commerce — sous les vases dans lesquels ils faisaient cuire leurs aliments, et furent tout surpris, le lendemain, au moment de leur départ, de trouver auprès du foyer des matières dures et opaques. (*La fusion de la soude et du sable, dont est composé le verre, avait produit cette substance.*) Le verre était découvert.....

A quelle époque remonte l'invention de la flûte?

C'est vers le même temps (17e s.) que des bergers d'Arcadie (Grèce) inventèrent la flûte. La flûte ne fut d'abord qu'un simple tuyau de paille d'avoine, ou un roseau creux. Plus tard on en fit avec l'os de la jambe (*tibia*) d'un cerf, d'une biche, d'un âne, etc.

A quelle époque remonte l'usage des parfums?

C'est à peu près à la même époque (17e s.) qu'on fait remonter l'usage des parfums. Moïse, qui mourut 1605 ans avant Jésus-Christ, donne la composition du parfum qu'on offrait au Seigneur sur l'autel d'or.

A quelle époque remonte l'art de la teinture en pourpre?

Le hasard, dit-on, procura aux Phéniciens la précieuse découverte de la *teinture en pourpre.* On dit qu'un chien de berger, pressé par la faim, brisa un coquillage et qu'il eut la gueule teinte de pourpre (16e s.).

On employa bientôt cette couleur pour la teinture des étoffes.

Il paraît que le coquillage qui donnait la pourpre des anciens et le *murex* ou *rocher*, genre de mollusques.

A quelle époque remonte l'invention des monnaies?

C'est à ce siècle (16e s.) qu'il faut reporter l'invention des monnaies, dues aux Egyptiens. La monnaie (moyen d'échange) n'a pas toujours été de métal. — Dans certains pays on employait le *sel*, dans d'autres des *coquillages*, au Mexique des *grains de cacao*, en Russie le *cuir*, etc.

A quelle époque remonte la découverte de la charrue?

On attribue à *Isis* (15e s.), femme d'Osiris, roi d'Egypte, l'invention de la *charrue*, plus de 1400 ans avant Jésus-Christ. Ce n'était d'abord qu'un soc grossier. Perfectionnée par les Romains, la charrue reçut un nouveau perfectionnement des Gaulois, qui inventèrent l'*avant-train*.

Les charrues les plus estimées de nos jours sont celles de *Matthieu de Dombasle*, de *Rosé*, de *Grangé*, et celle dite de *Brabant*.

A quelle époque remonte l'invention de la lyre, — l'art de bander les plaies?

Lynus passe pour être l'inventeur de la *lyre* (instrument à cordes), et Esculape, son frère, qui est regardé comme le père de la médecine, trouva l'art de *bander les plaies* (14e s.).

A quelle époque remonte l'invention de la roue du potier, — de la scie, — du compas?

L'Athénien Dédale, ouvrier habile, est l'inventeur de

la *roue* du potier (13e s.). — Il inventa également la *scie*, le *compas*, le *vilebrequin*, les *mâts* et les *voiles* des vaisseaux.

A quelle époque fait-on remonter la culture du mûrier?

On fait remonter à plus de 1200 ans avant Jésus-Christ la culture du mûrier en Chine. Cet arbre fut importé en Europe dans le courant du sixième siècle, et cultivé en France vers le quinzième seulement.

A quelle époque fait-on remonter l'invention de la peinture?

C'est, dit-on, Cléophante de Corinthe qui inventa la peinture monochrone (*d'une seule couleur*) (10e s.). L'art de la peinture fut surtout perfectionné en Grèce, dans le quatrième et le cinquième siècle avant Jésus-Christ, par les célèbres peintres Zeuxis et Apelles.

A quelle époque fait-on remonter l'usage du papyrus?

Avant l'invention du papier, on se servait d'une espèce d'écorce membraneuse appelée *papyrus*, qu'on détachait d'un arbuste qui croît dans les endroits marécageux. Le papyrus, dont la découverte remonte à plus de 900 ans avant Jésus-Christ, était devenu d'un usage général du temps d'Alexandre le Grand (*quatrième siècle avant Jésus-Christ*). Il finit par disparaître complétement au onzième siècle de notre ère.

A quelle époque fait-on remonter l'usage des poids et mesures, — les empreintes des monnaies?

C'est à cette époque (9e s.) que Phidon d'Argos mit en usage les poids et les mesures. Il est aussi le premier qui fit frapper des monnaies d'argent. (*Empreintes données aux monnaies.*)

A quelle époque fait-on remonter l'usage de l'équerre, — du niveau?

C'est Théodore de Samos qui trouva, dit-on, l'*équerre* et le *niveau* (8e s.).

A quelle époque fait-on remonter l'origine de l'astronomie et de la géométrie?

Ces deux sciences remontent à la plus haute antiquité. — Elles prirent naissance en Chaldée ou en Egypte. — Les premiers géomètres célèbres, qui donnèrent à ces sciences des développements importants, furent Thalès de Milet et Pythagore, qui moururent, le premier 548, et le second 509 ans avant Jésus-Christ.

A quelle époque fait-on remonter l'invention du cadran solaire?

C'est Anaximandre de Milet qui est l'inventeur du cadran solaire, plus de 500 ans avant l'ère chrétienne.

A quelle époque fait-on remonter l'origine de l'opération de la cataracte?

On croit que c'est Hérophile, médecin grec établi en Egypte, qui le premier (4e s.) fit l'opération de la cataracte (*affection de la vue*).

A quelle époque fait-on remonter l'invention des phares?

Le premier *phare* (de Pharos, île où fut élevé le premier fanal de ce genre) placé pour éclairer la marche des vaisseaux pendant la nuit, est attribué à Ptolémée-Philadelphe, roi d'Egypte (3e s.).

A quelle époque fait-on remonter l'invention du parchemin?

Un peu plus tard, sous Eumène II, roi de Pergame (2e s.), on inventa, ou plutôt on perfectionna le *parchemin*, peau de mouton préparée pour l'écriture.

A quelle époque fait-on remonter l'invention de la broderie?

On pense que ce furent encore les Phéniciens qui inventèrent, ou du moins qui perfectionnèrent, dans le courant du deuxième siècle avant notre ère, l'art de la *broderie*.

A quelle époque fait-on remonter la réforme du calendrier?

Ce fut sous Jules César qu'eut lieu la réforme du *calendrier*, l'an 46. — Déjà, sous Numa Pompilius, deuxième roi de Rome (huitième siècle avant Jésus-Christ), avait eu lieu la division de l'année en douze mois.

CHAPITRE VIII.

INVENTIONS, INSTITUTIONS ET DÉCOUVERTES,

DEPUIS JÉSUS-CHRIST JUSQU'AU 16e SIÈCLE.

A quelle époque fait-on remonter la découverte de l'aimant?

On prétend que c'est dans le courant du premier ou du deuxième siècle de notre *ère* que l'*aimant* fut découvert. Il s'agit ici sans doute des premières applications de la *pierre aimantée;* car on dit que, plus de douze cents ans avant J.C., un berger du nom de *Magnès*, en cherchant une brebis égarée sur le mont Ida (Troade), sentit que sa chaussure, ainsi que le bout de son bâton qui se terminait en pointe ferrée, adhéraient fortement à une substance noirâtre sur laquelle il était placé. L'*aimant était découvert.....*

A quelle époque fait-on remonter la culture de la vigne en France?

La *vigne*, dont la culture remonte à Noé, fut introduite en Gaule (France) dans le troisième siècle de notre ère, par Probus, empereur romain.

A quelle époque fait-on remonter l'invention de l'aréomètre?

On attribue à Hypathie, mathématicienne d'Alexandrie (4e s.), l'invention de l'*aréomètre*, instrument qui sert à déterminer la densité du liquide dans lequel il est plongé.

A quelle époque fait-on remonter l'invention des cloches?

On fait remonter au commencement du cinquième siècle de l'ère chétienne l'invention des *cloches des églises*. On pense que c'est saint Paulin, évêque de Nole, qui les introduisit le premier dans son église. La plus forte cloche connue est celle de Saint-Pétersbourg; elle pèse 66,000 *kilogr.* L'usage de bénir les cloches remonte au pape Jean XIII, qui mourut en 972.

(Voir les fêtes chrétiennes.)

A quelle époque fait-on remonter la culture des vers à soie?

Le *ver à soie*, originaire de la Chine, fut introduit en Europe vers l'an 552; mais c'est du treizième au quinzième siècle que le mûrier et le ver à soie furent cultivés dans le midi de la France.

A quelle époque fait-on remonter l'usage des plumes?

Les *plumes* à écrire, plus commodes et plus faciles à tenir que le *roseau*, commencèrent à remplacer celui-ci dans le courant du septième siècle. Saint Isidore, évêque de Séville (Espagne), parle de cette découverte dans ses écrits. Les *plumes métalliques* furent inventées au siècle dernier par un mécanicien français, nommé Arnoux.

A quelle époque fait-on remonter la découverte du sucre?

C'est aux Arabes, dans le milieu du huitième siècle, qu'on doit la découverte des procédés pour la fabrication du *sucre*. La *canne à sucre*, originaire de l'Inde, passa en Espagne, et de là en Amérique, d'où nous sont venus plus tard presque tous nos sucres. Du temps de Henri IV, qui mourut en 1610, le sucre était encore si rare qu'on le vendait à l'once seulement, et chez les pharmaciens.

A quelle époque fait-on remonter l'invention des orgues?

Vitruve, auteur latin, qui vivait sous Auguste (premier siècle), fait déjà la description de l'orgue. Mais tel qu'il est à peu près aujourd'hui, l'orgue ne remonterait pas, dit-on, au delà du huitième siècle. Le premier dont il soit parlé dans l'histoire de France est celui qui fut donné par un empereur grec à Pépin le Bref, et qui fut placé dans l'église Saint-Corneille, à Compiègne.

A quelle époque fait-on remonter l'usage du papier?

Quelques auteurs prétendent que dès le cinquième ou le sixième siècle on se servit de papier fabriqué avec des chiffons. Ce qui paraît certain, c'est que, du neuvième au onzième siècle, le papier, dont l'invention est attribuée aux Chinois, remplaça généralement le parchemin.

A quelle époque fait-on remonter la découverte de la peinture sur verre?

On attribue la découverte de la peinture sur verre,

les uns à un peintre de Marseille, les autres au Hollandais Arnold Hort. Il ne s'agit sans doute que d'un perfectionnement de cette découverte, car on trouve des restes de peintures sur verre qui remontent à une époque antérieure au temps où vivaient ces peintres (16e siècle), c'est-à-dire vers la fin du neuvième siècle ou au commencement du dixième. Ce qui est certain, c'est que la peinture sur verre fut surtout florissante pendant le quinzième et le seizième siècle.

A quelle époque fait-on remonter la découverte des horloges?

C'est vers la même époque (10e s.) que parut à la cour de Charlemagne la première horloge ou clepsydre (horloge à eau) ; mais ce fut seulement en 1370, sous le règne de Charles V, que l'Arabe Henri de Vic construisit une horloge remarquable qui fut placée au Palais de Justice, à Paris. (Donner la définition et la différence du *sablier*, de la *clepsydre* primitive et du *cadran* solaire.)

A quelle époque fait-on remonter la découverte des notes de musique, — gamme?

Guy d'Arezzo, moine bénédictin, introduisit en 1023 l'usage de l'*échelle diatonique*, appelée *gamme*, ce qui simplifia beaucoup le mode de notation.

A quelle époque fait-on remonter l'invention des armoiries?

L'usage des *armoiries* (signe distinctif d'une maison, d'une ville, d'une province, d'un pays) remonte vers le milieu du douzième siècle.

A quelle époque fait-on remonter la découverte de la poudre à canon?

La poudre à canon, dont la découverte est faussement attribuée à l'Anglais Roger Bacon ou à l'Allemand Berthold Schwartz, ne paraît être que le résultat de recherches et de découvertes successives. Ce fut seulement vers la fin du treizième siècle, ou au commencement du quatorzième, qu'elle devint à peu près ce qu'elle est aujourd'hui. (*La poudre est un mélange de salpêtre, de poudre de charbon et de soufre.*) Dès le septième siècle, les mélanges de matières inflammables étaient connus.

A quelle époque fait-on remonter la découverte du feu grégeois? — l'usage du canon?

L'architecte égyptien Callinique (7e s.) avait trouvé une composition qui s'enflammait même sous l'eau. Cette substance, qui fit tant de bruit au moyen âge sous le nom de *feu grégeois*, est à peu près connue aujourd'hui. Elle se composait d'un mélange de soufre, de naphte, de poix et de bitume.

L'usage du canon suivit de près la découverte de la poudre. Les Anglais s'en servirent pour la première fois, en rase compagne, à la bataille de Crécy (1346). En 1380, les vaisseaux furent armés de canons.

A quelle époque fait-on remonter la découverte de la boussole?

La boussole, espèce de cadran sur lequel une aiguille aimantée, mobile, se tourne constamment vers le nord, est encore une découverte qui se perd dans la nuit des temps. On attribue cependant cette découverte à un Napolitain, nommé Flavio Gioja, qui vivait dans le treizième siècle. Les Chinois connaissaient la boussole plus de deux mille ans, dit-on, avant J. C.

A quelle époque fait-on remonter l'invention des cartes à jouer?

Les cartes à jouer furent inventées sous Charles VI, en 1362, pour amuser le roi dans sa démence. Sous Charles VII, elles furent notablement perfectionnées, et les figures reçurent le nom qu'elles portent encore aujourd'hui.

On croit que David (roi de pique), tourmenté par son fils rebelle (Absalon), est l'emblème de Charles VII, menacé par son fils Louis XI; que Pallas (dame de pique) représente Jeanne d'Arc; qu'Argine (dame de trèfle), anagramme de *Regina*, désigne la reine, l'épouse de Charles VII; que Rachel (dame de carreau) indique Agnès Sorel; que Judith (dame de cœur) représente la reine Isabeau, l'épouse de Charles VI.

Les quatre valets désignent : Ogier et Lancelot, deux guerriers, compagnons de Charlemagne; Hector et La Hire, deux généraux de Charles VII.

A quelle époque fait-on remonter l'invention de l'imprimerie?

C'est à Guttemberg, né à Mayence en 1400, qu'est due la découverte de l'imprimerie en caractères mobiles. Cette découverte fut perfectionnée par Faust et Scheffer, ses disciples et ses compatriotes.

A quelle époque fait-on remonter l'invention de la gravure sur cuivre?

La gravure sur cuivre fut découverte par le Florentin Maso Finiguerra, en 1452.

A quelle époque fait-on remonter l'invention des carrosses?

Le premier carrosse qu'on ait vu en France est celui dans lequel la reine Isabeau, femme de Charles VI, fi son entrée à Paris en 1405.

Sous François Ier il n'existait encore que trois carrosses à Paris : celui de la *reine*, celui de *Diane de Poitiers* et celui de *Jean de Laval.*

A quelle époque fait-on remonter l'invention des chapeaux de feutre?

Les *chapeaux* commencèrent à être portés en France sous Charles VI (15e s.), mais à la campagne seulement. Sous Charles VII, on en fit usage partout en temps de pluie. Sous Louis XI, on s'en servit en tout temps et en toute saison. Avant Charles VI, on ne se servait que de bonnets et de chaperons, espèce de capuchons en laine, et de mortiers, espèce de bonnets dont la forme s'est conservée dans la magistrature et le barreau.

A quelle époque fait-on remonter l'institution du mont-de-piété?

Un moine de Pérouse (Italie), frappé de la misère du pauvre, qui gémissait sous la tyrannie de l'usure, eut l'idée d'établir, à l'aide d'une souscription, une caisse de réserve où chacun allait emprunter sans intérêts, en laissant un gage pour la sûreté du prêt (1462). Cette institution, qui existe aujourd'hui dans toutes les villes importantes, fut autorisée par le pape Léon X en 1515.

A quelle époque fait-on remonter l'institution de la poste aux lettres?

L'institution des postes, dont l'origine remonterait à Cyrus, roi de Perse, qui mourut cinq cent trente ans avant J. C., fut établie en France en 1464, sous Louis XI

A quelle époque fait-on remonter la découverte de la taille du diamant?

C'est encore au quinzième siècle (1476) qu'on fait remonter la découverte de la *taille du diamant*, attribuée à Louis Berquem, de Bruges. S'étant aperçu que deux diamants frottés l'un contre l'autre s'usaient mutuellement, Berquem eut l'idée de tirer parti de cette découverte, en se servant de la poudre du diamant pour le polir. Il réussit parfaitement. Le premier diamant taillé fut porté par Charles le Téméraire, mort en 1477.

CHAPITRE IX.

INVENTIONS, INSTITUTIONS ET DÉCOUVERTES,

DEPUIS LE 16e SIÈCLE JUSQU'A NOS JOURS.

A quelle date fait-on remonter l'usage du calendrier grégorien?

L'année, telle qu'elle est divisée aujourd'hui, est appelée *grégorienne*, parce qu'elle fut ainsi fixée par *Grégoire XIII*, en 1582. Charles IX avait, dès 1564, décidé que l'année commencerait au 1er janvier. Sous la première race de nos rois, l'année commençait au 1er mars, jour de la revue des troupes. Sous la deuxième race, elle commençait à Noël, et sous la troisième, le jour de Pâques.

A quelle date fait-on remonter l'invention de la baïonnette?

L'espèce de poignard qui s'adapte au haut du fusil, et qu'on appelle baïonnette, fut inventé à Bayonne, en 1571. Ce ne fut qu'en 1640 qu'on plaça cette arme au bout du mousquet (arme qui a précédé le fusil).

A quelle date fait-on remonter l'invention du fusil?

Le fusil à pierre fut inventé en 1685. La troupe en

fut armée en 1704. Aux fusils à pierre ont succédé, vers 1830, les fusils à percussion.

A quelle date fait-on remonter l'invention des montres?

Les premières *montres* furent, dit-on, inventées à Nuremberg (Bavière), par Pierre Hèle, en 1500. On les appela d'abord *œufs de Nuremberg*, à cause de leur forme ovale.

A quelle date fait-on remonter l'invention des montres à répétition?

Les montres à répétition furent inventées en Angleterre en 1676.

A quelle date fait-on remonter l'invention de la lunette d'approche?

On raconte ainsi la découverte de *la lunette d'approche* ou *télescope* : des enfants, en jouant sur un étang glacé, s'avisèrent de regarder à travers un morceau de glace, et furent frappés du grossissement des objets. Un physicien ayant eu connaissance de ce fait, obtint le même résultat à l'aide de deux lentilles (*morceaux en verre taillés en forme de lentilles*). On attribue au Hollandais Jacques Metzu (16e s.) l'invention de la lunette d'approche. La première lunette de ce genre parut à Paris en 1609.

A quelle date fait-on remonter l'invention du microscope?

On attribue l'invention du microscope (*instrument qui sert à grossir les objets*) à l'opticien Jansen, de Middelbourg (Hollande), en 1590. On doit au microscope d'importantes découvertes en *anatomie* et en *botanique*.

A quelle date fait-on remonter l'usage des pistolets?

Le pistolet, petite arme à feu, inventée à Pistoie, ville d'Italie, fut employé pour la première fois à la bataille d'Ivry (Eure), en 1590.

A quelle date fait-on remonter la découverte de la circulation du sang?

En 1619, le célèbre médecin anglais Harvey fit la découverte des lois de la circulation du sang; mais cette découverte ne fut rendue publique qu'en 1628.

A quelle date fait-on remonter l'invention du thermomètre?

On attribue au savant Hollandais Drebbel, ou à l'Italien Santorius, en 1621, l'invention du thermomètre (*qui mesure la chaleur*), instrument qui sert à apprécier la température des corps.

A quelle date fait-on remonter la fondation de l'Académie française?

L'Académie française fut fondée par Richelieu, en 1635. Cette société de gens de lettres, composée de quarante membres, est spécialement chargée de la confection du Dictionnaire.

A quelle date fait-on remonter l'invention du baromètre?

Le premier baromètre, instrument qui sert à indiquer les variations qu'éprouve la pression de l'atmosphère, fut construit par Toricelli, en 1643. Peu de temps après, le célèbre Pascal employa le baromètre pour mesurer la hauteur des montagnes.

A quelle date fait-on remonter l'usage du café en Europe ?

Venise fut, dit-on, la première ville d'Europe qui fit usage du café, en 1615. Marseille le connut en 1654, et Paris en 1657. La connaissance du café remonte, dit-on, au neuvième siècle. Un musulman ayant fait rencontre d'un pâtre, apprit de lui que toutes les fois que ses chèvres mangeaient des baies d'un certain arbre qu'il désigna, elles dansaient, cabriolaient toute la nuit sans pouvoir prendre de repos. Le musulman fit l'essai de l'infusion de cette plante, et passa toute la nuit dans une espèce d'enivrement qui lui parut délicieux. Il fit part de sa découverte, et l'usage du café se répandit aussitôt de tous côtés.

A quelle date fait-on remonter l'usage des réverbères à Paris ?

Ce fut en 1667 que La Reynie, lieutenant de police de Paris, fit suspendre la nuit, à chaque coin de rue, une lanterne allumée. Plus tard, l'abbé Matterat inventa le réverbère à l'huile, qui depuis a été remplacé par le gaz. L'application de ce dernier éclairage est due à l'ingénieur français Philippe Lebon, en 1801. En 1805, les Anglais employèrent ce mode d'éclairage; mais ce ne fut qu'en 1818 que l'éclairage au gaz fut adopté à Paris.

A quelle date fait-on remonter l'éclairage à l'huile et à la chandelle ?

Quant à l'éclairage des habitations, il paraît certain que l'homme se servit, dès l'époque la plus reculée, de l'huile et de la cire. La chandelle de suif fut inventée en Angleterre, au douzième siècle. Elle fut introduite en France au quatorzième seulement, sous Charles V.

A quelle date fait-on remonter l'invention des machines à vapeur?

Salomon de Caus, dès l'année 1615, eut l'idée d'employer la vapeur comme force motrice; mais c'est au célèbre physicien français Papin, en 1690, qu'est due la première machine à vapeur. En 1707, ce même physicien construisit un bateau à roues, qui eut pour moteur une machine à vapeur perfectionnée par Newcomen. La machine de Papin reçut un nouveau perfectionnement du mécanicien écossais Jacques Watt, en 1764. Le premier bateau à vapeur qui ait navigué sur les eaux de la Seine, en 1803, était dû à l'Américain Robert Fulton. L'adoption de la navigation par la vapeur eut lieu aux Etats-Unis à la fin de 1807. En 1812, l'Europe commença à adopter le même système. C'est Georges Stephenson, en 1830, qui le premier réussit à appliquer la machine à vapeur aux chemins de fer. Dès lors cette voie de transport fut décidée.

A quelle date fait-on remonter l'invention dn paratonnerre?

Le paratonnerre, qui, comme l'indique son nom, a pour but de préserver les édifices de la foudre, fut inventé par le célèbre Américain Franklin, en 1752. Le paratonnerre se compose d'une tige de métal terminée en pointe, qui conduit le fluide électrique, par une chaîne en fer, à une fosse creusée dans le sol. Le premier qui ait paru en France fut établi sur la machine de Marly, en 1752.

A quelle date fait-on remonter l'invention des aérostats?

L'invention des aérostats est due aux frères Montgolfier d'Annonay, en 1783. L'ascension du ballon repose sur ce principe qu'un corps plongé dans un liquide tend à s'élever à sa surface, s'il est spécifiquement plus léger que ce liquide. Gay-Lussac, en 1804, s'éleva à près de 7,000 mètres au-dessus de la terre. C'est la plus grande hauteur qu'on ait pu atteindre jusqu'ici.

A quelle date fait-on remonter la culture de la pomme de terre?

La pomme de terre, originaire de l'Amérique, fut connue en France dès 1588. Mais ce n'est guère qu'à partir de 1783 que la culture de ce précieux tubercule prit un développement sérieux, grâce aux efforts persévérants du célèbre agronome français Parmentier.

A quelle date fait-on remonter l'invention des télégraphes?

Le télégraphe aérien fut inventé par les frères Chappe, en 1792. L'Américain Samuel Morse est considéré comme l'inventeur du télégraphe électrique, en 1832.

A quelle date fait-on remonter la découverte de la vaccine?

L'inoculation du vaccin (*liquide transparent qu'on extrait des pustules qui se produisent quelquefois au pis de la vache*) a pour but de préserver l'homme de la petite vérole. C'est au médecin anglais Jenner, en 1798, qu'est due l'importante découverte de la vaccine.

A quelle date fait-on remonter l'invention du daguerréotype?

Le procédé qui a pour but de reproduire les images sur une plaque de cuivre ou d'argent, à l'aide de la lumière, et qu'on appelle daguerréotype, fut découvert, en 1839, par le peintre français Daguerre. Les premières tentatives pour fixer les images furent faites avec quelque succès, dès 1813, par Joseph Niepce, originaire des environs de Châlon-sur-Saône. Niepce s'associa à Daguerre pour la recherche de l'appareil découvert plus tard par ce dernier seul. Daguerre est mort à Petit-Bry (Seine), en 1851.

CHAPITRE X.

HYGIÈNE.

Quel est le but de l'hygiène?

L'hygiène a pour but la conservation de la santé. La santé chez l'homme, comme chez tous les animaux, est subordonnée à la double influence des agents introduits dans ses organes et des agents qui l'environnent.

AGENTS INTRODUITS DANS LES ORGANES. — AIR. ALIMENTS.

Qu'est-ce que l'air?

L'*air*, ce fluide qui agit sur l'homme par le contact et par la respiration, est le premier aliment de la vie. Il doit se composer d'environ 21 parties d'oxygène et de 79 d'azote.

Qu'appelle-t-on aliments?

Toute substance introduite dans l'estomac pour réparer nos forces et en favoriser le développement.

Quelle est la nourriture qui nous convient le mieux?

C'est une alimentation d'espèces variées et souvent multiples. Une nourriture uniquement végétale est débilitante. Une nourriture uniquement animale est échauffante et peut déterminer des irritations de la peau ou des entrailles. Dans les pays froids, et pour l'homme travaillant au grand air et prenant beaucoup d'exercice, une nourriture forte et succulente est nécessaire. Dans les pays chauds, et pour les personnes qui sortent peu, ou qui n'ont presque pas d'exercice, une nourriture moins substantielle est suffisante. Dans tous les cas, il faut préférer les mets simples aux mets recherchés, et faire varier le régime selon les lieux, les circonstances, l'âge et l'estomac.

Quel est l'intervalle que l'on doit mettre entre chaque repas?

En moyenne, l'adulte doit mettre un intervalle de cinq à six heures entre chaque repas. Les repas doivent être plus rapprochés dans l'enfance et dans la jeunesse, aussi bien que chez les personnes qui se livrent à des travaux pénibles. Quand on fait sa nourriture de substances végétales, les repas doivent être également plus rapprochés. Les viandes, au contraire, étant plus nourrissantes, permettent à l'estomac de rester plus longtemps privé d'aliments.

Doit-on solliciter l'appétit?

Non. L'appétit, qui est l'élément indispensable de toute bonne digestion, doit être satisfait à son temps et modérément; jamais prévenu ni sollicité. Il faut même éviter d'écouter ces besoins factices qui se produisent parfois entre les repas, et qui sont de nature, s'ils étaient satisfaits, à nuire aux fonctions de l'estomac.

Doit-on être régulier dans ses repas?

Oui. C'est une des conditions essentielles d'une digestion salutaire, et par suite d'une bonne santé.

Les assaisonnements tels que le poivre, le sel, l'ail, l'oignon, la moutarde, etc., *sont-ils nécessaires?*

Oui, mais dans une juste mesure. Ils aident au travail de la digestion; mais l'abus est nuisible à la santé, car alors le sens du goût, finissant par s'émousser, appelle une plus grande quantité de ces sortes d'épices, et provoque souvent des inflammations d'intestins, puis une débilitation successive des organes digestifs (*canal alimentaire, glandes salivaires*, etc.).

Quelle différence y a-t-il et pour la facilité de digestion et pour la puissance nutritive, entre les viandes rôties et les viandes bouillies?

Les viandes rôties, telles que le *bœuf* et le *mouton*, par exemple, sont toujours d'une digestion plus prompte et d'une puissance nutritive plus grande que les viandes bouillies. Les viandes rôties conviennent surtout aux natures faibles, lymphatiques et scrofuleuses. Après la viande, l'œuf est un des aliments les plus nourrissants. Les huîtres offrent les mêmes principes nutritifs.

Quelles sont les substances végétales les plus nourrissantes?

Ce sont les graines provenant des plantes légumineuses, telles que les haricots, les lentilles, les fèves, les pois, etc. La pomme de terre, un des plus précieux légumes que l'on connaisse, est un peu moins nutritive, mais plus agréable au goût et d'une plus facile digestion.

Quelles sont les principales boissons?

Ce sont : 1° le *lait*, qui est un aliment en même temps qu'une boisson. Il convient aux enfants et aux personnes atteintes de maladies inflammatoires. Il ne convient nullement aux natures molles, rachitiques et scrofuleuses.

2° L'*eau*, qui est la plus utile et la plus répandue de toutes les boissons. Cette boisson rafraîchit et désaltère parfaitement, mais elle n'est nullement propre à réparer les forces épuisées. (*Il ne faut jamais boire d'eau fraîche dans un moment de transpiration.*) Pour être bonne, l'eau doit être claire, limpide, inodore et propre à faire cuire les légumes. On peut rendre les eaux stagnantes parfaitement saines, en les faisant filtrer à travers du charbon de bois.

3° Le *vin*, qui, étendu d'eau, est une excellente boisson pour le repas. Pris à jeun et sans nécessité, il est plutôt nuisible qu'utile.

4° La *bière* qui, peu forte ou étendue d'eau, est une boisson rafraîchissante et propre à faciliter la digestion.

5° Le *cidre*, qui est une boisson moins nourrissante que la bière, mais qui désaltère également bien et n'a rien de nuisible, lorsqu'il est de bonne qualité.

Quant aux boissons alcooliques, telles que l'*eau-de-vie*, le *rhum*, le *kirch*, le *tafia* et toutes les liqueurs spiritueuses, mieux vaut s'en passer entièrement; la santé ne s'en trouvera pas plus mal. Il faut se garder surtout de prendre de ces liqueurs à jeun, ou d'en user avec excès. L'intempérance, en pareille matière principalement, ne tarde pas à détruire la santé la plus robuste. Le *café*, seul, sans aucun mélange d'eau-de-vie, est un stimulant dont peuvent faire usage modérément les estomacs bien constitués. Les personnes nerveuses feront bien de s'en priver.

AGENTS EXTÉRIEURS. — HABITATIONS. — VÊTEMENTS.

Quelles sont les conditions hygiéniques d'une bonne habitation?

Dans le choix d'une *habitation*, il faut rechercher de bonnes conditions d'air, de lumière, et l'absence d'humidité. La meilleure exposition est celle du levant et du sud-est. Les ouvertures doivent être multipliées afin que l'air puisse facilement se renouveler. Il faut redouter le voisinage des étangs, des eaux stagnantes, des fumiers, des cimetières, des abattoirs, etc., et recherarcher, au contraire, les endroits élevés et entourés d'arbres. Il est utile que la chambre dans laquelle on doit coucher soit restée longtemps ouverte et qu'on n'y ait pas séjourné pendant la journée. La place occupée par le lit doit être éclairée et facilement aérée. Aussi faut-il éviter avec soin les alcôves resserrées et obscures.

Quelles sont les précautions à prendre pour les vêtements?

Le linge, qu'il soit en coton ou en toile, doit être souvent renouvelé. Les personnes qui sont sujettes à la transpiration doivent faire usage de gilets de flanelle. Il faut éviter de se découvrir quand on est en sueur et de quitter trop tôt les vêtements d'hiver. Les variations brusques, les courants d'air, sont toujours nuisibles à la santé. Les vêtements étroits doivent être proscrits, sans le moindre égard pour la mode. Les pieds doivent être à l'aise dans la chaussure, toujours chauds et sans humidité.

Quels sont les principaux soins de propreté ?

La *propreté* est le plus sûr moyen de conserver sa santé. Il faut surtout que les parties exposées à l'air, telles que la figure et les mains, soient souvent lavées. Il est également utile d'entretenir les pieds et tout le corps dans une grande propreté par des bains fréquents. Les cheveux, chez les enfants, doivent être courts et toujours bien peignés.

Quel est le but et quels doivent être le temps et la durée du sommeil ?

Le sommeil, qui a pour but de réparer nos forces épuisées, doit varier de sept à dix heures, selon l'âge et le degré de fatigue. La nuit est toujours le temps le plus propice au sommeil.

FIN.

TABLE.

FIN DE LA TABLE.

ON TROUVE A LA MÊME LIBRAIRIE

MÉTHODE COMPLÈTE d'écriture cursive, dans laquelle on se propose particulièrement de conduire l'élève à une bonne expédiée, par M. V. Colombel, inspecteur de l'instruction primaire. 1 vol. in-8 oblong, piqué........................ 1 25

COURS PROGRESSIF d'écriture en 10 cahiers, par le même.

Nomenclature des cahiers :

1. *Exercices élémentaires.* — Études des jambages.
2. — Études des lettres ovales.
3. — Études des lettres bouclées.
4. *Application des études précédentes.*
5. — (Moyen et demi-moyen).
6. — (Demi-moyen et demi-fin).
7. — (Demi-fin et fin).
8. — (Fin).
9. *Récapitulation de tous les exercices du cours.*
10. *Etudes de la ronde, de la bâtarde et de la gothique.*

Chaque cahier in-4 de couronne, 20 p., couvert. imprimées.

Les nos 1 à 9, le cent, numéros assortis ou non..... 8 fr.

Le no 10, sur papier fort, le cent..... .... 10 fr.

CAHIER-GUIDE pour la conjugaison des verbes, contenant sur la couverture des notions élémentaires, et dans le cahier des remarques sur les verbes des 4 conjugaisons, par un inspecteur de l'instruction primaire.

EXERCICES SUR LA GRAMMAIRE. Cahiers-guides pour l'application des éléments de la langue française.

1er Cahier. — Exercices sur les dix parties du discours.

2e Cahier. — Exercices sur l'analyse grammaticale.

3e Cahier. — Exercices simultanés d'analyse logique et d'analyse grammaticale.

4e Cahier. Exercices sur les principes.

Prix de ces cinq cahiers, in-4 de couronne, 20 pages, le cent, assortis ou non...................................... 8 fr.

CAHIERS DE CALCUL à l'usage des commençants, par MM. L. Bonvallet, insp. de l'instr. prim., et J. Siomboing.

1. *Addition*, exercices et problèmes.
2. *Soustraction.* dito.
3. *Multiplication.* dito.
4. *Division.* dito.
5. *Exercices* sur le système métrique : — 1o mesures de longueur; 2o mesures de surface.
6. Dito — 3o mesures de volume; 4o mesures de capacité.
7. Dito — 5o mesures de poids; 6o mesures des monnaies.
8. *Problèmes* de récapitulation générale.

Chaque cahier in-4 de couronne, papier satiné, 16 pages, plus une couverture imprimée, assortis ou non, le cent..... 8 fr.

Résultat des exercices et solutions des problèmes (partie du maître).

Cahier 1 à 4. 1 vol. in-18, br.......................... 50 c.

— 5 à 8. — — .... 50 c.

Paris. Typ. Pillet fils aîné, rue des Grands-Augustins, 5.